푸른사상
시선
108

한 잎

권정수 시집

푸른사상
PRUNSASANG

푸른사상 시선 108

한 잎

인쇄 · 2019년 9월 25일 | 발행 · 2019년 9월 30일

지은이 · 권정수
펴낸이 · 한봉숙
펴낸곳 · 푸른사상사

주간 · 맹문재 | 편집 · 지순이, 김수란 | 마케팅 · 김두천
등록 · 1999년 7월 8일 제2-2876호
주소 · 경기도 파주시 회동길 337-16(서패동 470-6) 푸른사상사
대표전화 · 031) 955-9111(2) | 팩시밀리 · 031) 955-9114
이메일 · prun21c@hanmail.net /prunsasang@naver.com
홈페이지 · http://www.prun21c.com

ISBN 979-11-308-1458-2   03810
값 9,000원

푸른사상 시선 108

한 잎

이 도서는 강원문화재단 전문예술창작 기금을 지원받아 출간되었습니다.

미풍에 흔들리는 목백일홍 꽃잎들.
나의 정원에 하루가 내린다.
침묵 속에서도 해는 아이처럼
자라서 그 많은 잎과 꽃을 피운다.
모든 이름 위에 스미는 노을은
더불어 어울리는 하나의 화음을
위하여 저녁을 준비한다.

지금은, 나를 찾는 시간이다.

2019년 9월
권정수

| 차례 |

■ 시인의 말

제1부

제2부

제3부

제4부

제1부

고요함이 스스로 말한다

폭풍이 지나간 뒤에
나무는 침묵의 치료를 견디어낸다
움직이지 마, 가만히 있어
조금만 참아, 곧 괜찮아질 거야
소리치는 침묵은

거기에 깃들어 사는 어떤 외과 의사 같다
나무들은 관절이 몸 밖으로 부러져
나갔지만 아무 소리도 내지 않았다

나무들은 비록 폭풍 한가운데
귀 기울이고 숨죽인 채 떨지만

고요함이 스스로 말한다

얼굴로 상념들을 말하지 않고
단지 모든 눈길로, 조용한 싹을 피운다

난쟁이 달

밤마다 밧줄 조이는 소리
우리에 가두는 소리
짐승처럼 구석으로 몰아내고
엉덩이를 때리는 소리

하늘나라 아이가 밤새도록
강가의 빈집을
들락거리며 불장난하는 소리
달 뜨고 달 지는 소리

잠시 한 사람 눈동자
속으로 솟구쳐
스탠드를 적시고 책장을 적시고

조각마루 끝을 적시고
앞마당 팬지꽃을 적시다가
강물에 쏟아져버렸네

내가 어떻게 그 집을 나가게
되었는지 말할 수 없네

다만 강물에 떠 있을 때 흔들거리다
돌에 부딪히면 비명을 질렀네

피아노

음악이 멈추지 않는
하늘 계단을 오른다

그 노래에 그녀의 삶이
슬그머니
삶 밖으로 나간다
그 노래 속에서

그녀는 옛 편지에서처럼
이미 살았던 자신의
삶을 본다

그녀는 리듬에 맞춰
발걸음을 옮기며
허공을 밟고
오르다가 허공을 밟고
내려온다

그녀는 깨닫는다

그 노래가 그녀의
인생임을,
그녀의 손은 이미
잠들어 있었다

하늘을 향한 희생의
두 손처럼

결혼의 노래

사람들은 일어나서 손뼉을 치네
왜냐하면 그런 축제는 그런 곳에서나
볼 수 있기 때문이네
그런 여자의 가장 작은 몸짓이란
부드러운 드레스에 잡히는
하나의 주름 같네
그녀는 은빛 대화로 웃음을 쌓고
종종 두 손을 올리네
그런 축제에서 대개 아버지들이
그랬던 것처럼 남자는
어머니 같은 아내를 맞네
하얀 레이스를 두른 여자와 빨리
결혼하기 위해서, 어린 시절의
실수들 때문에 그는 성스러운
서약을 통해 그녀와 굳게 맺고자 하네
가정이라는 것을 이루기 위하여
마침내 수컷은 그의 암컷을 가졌네
그들에게 어떤 일이 일어날지 모르네

우는 사람

좀 더 울게 내버려두시라

울음은 오랫동안 부유한 자에게
약속되어 있는 싸움이다

너는 별이 뒤엉킨 하늘에
슬픔 하나를 섞는다

나는 네 가슴에 달이 뜰 때까지
숨어서 기다린다

일시적인 것
순결한 수액

이제 네 속 뿌리에서는 결코
네 울음이 섞이지 않는다

노래하는 사람들

슬프다 노래하는 사람들
고집스러운 시한부들은
삶이 우리에게 못박혀
있듯이 머물러 있네
모든 것이 희뿌옇게 보이네

아름다운 삶 안에서
배반당한 가슴,
우리는 기다림 속에 있네

그 후렴의 시간은 그다지
길지가 않네
우리의 몸짓은 지속되지 않네
그 노래는 우리의 땅에서
우리가 사라진 뒤에도 살아남네

항구 여인숙

바람을 막아서는 막다른 골목
상처 난 외벽
허름한 여인숙 불빛이
천천히 꺼져간다
그들은 모두 지치거나
사랑에 취하거나
술에 취한다
그들은 밤을 무서워하는 아이들처럼
서로 몸을 바싹 붙인다
그리고 장님처럼 더듬으며
서로를 알아본다

시간은 쉽게 무너졌다

어제와 오늘이
모두 폐허에서 빛나고
모든 문들은 모든 방을
모조리 거쳐 온
베일 속 사람들 뒤로 닫힌다

뜨개질

실뭉치가 굴러다니는
방구석에 앉아
잰 손놀림으로 증오, 고통,
기쁨을 가지런히 늘어놓고

그래도 꽃모양이 나왔다고
희미하게 웃는다

그 여자
별 하나의 고독을 노래하며
동사 형용사 부사가 다닥다닥 붙은

꽃에 얽힌 지루한 염문을
다 떼어버리고
다시 고친 그 구닥다리
퇴행을 시라고 말하고 있다

태교를 위해 뜨개질을 배운 그 여자

아이를 낳아야 하는 불안감에

아이보다 더 두려운 그 여자

옆에 앉아 뜨개질하고 싶다

한 잎

꽃도 새도 없이
은행잎이 한꺼번에 쏟아지다가
높이 서 있는 종유석 위에
붙인 한 잎

나는 그것이 암탉 배 밑에 숨어
갓 깨어난 병아리 한 마리인가 했다

저것들은 가지 끝에 서서 떨어지지만
엄마 배 밑에, 날갯죽지, 꽁지 속에
숨어 갓 깨어난 연노랑
병아리들이다

엄마의 손끝을 거쳐 엄마의 품속
벗어난 새끼들의 인생을
엄마와 떨어진 내가 벼랑
아래서 그것을 보고 있다

벼랑에 혼자 붙어서 헐떡거리는
그것의 숨이 내 속에 가득 찬다

나는 노란 부리를 내밀며 애걸하는
어린 병아리에게 물
한 모금도 줄 수가 없었다
하늘 한번 우러르고 싶어서 얼마나
오래갈 빛을 받고 있었는지

입을 벌린 채 얼이 빠진 듯
하얘지다 말고 멈춰 있다

그다음 날의 기도

내가 알지 못하는
그다음 날이
내 숨겨진 두 손에 의해
전혀 다른 날이 되기를

그날의 밤은 갑작스러운
비상으로 내 눈을 멀게
만들 것이네

이 세상 단 한 번 날아보는
이 캄캄한 체념의
고독 안에서
나는 아주 선량해질 것이네

그러나 만약
네가 나를 그 강가로
데리고 갈 요량이라면

그 강가의 나룻배를

감추고 보여주지 마시라

맛보는 아이

귀 모양으로 생긴 본질 하나가
오래된 나무의 나이테처럼
휘어져 있다가 몸을
쭉 펴는 순간
아이는 휘돌아간 시간들을
몽땅 손에 넣지 않았던가

아이는 태어난 그 순간부터
가장 늙은 얼굴이면서
새로운 얼굴이네

겉으론 순종적인 것 같지만
가장 기괴한 얼굴이네
아이에게는 예의가 없고
도덕도 없으며 정의도 없네
허망한 것을 진실하다고
여기지도 않고 진실한 것을

따로 챙기지도 않네

다만 지금 이대로 타고난
자기 본성으로 미래의

욕망에 대한 셀 수 없이 많은
증거를 요청할 수 있네

냇물

나직이 소곤대며
흐르는 물
흐름을 거슬러서
너는 네게 올 수 없다
너는 쭉 뻗은
나뭇가지와 같다
무언가 잡으려고
너를 향해 내민
내 빈손은
네 앞에 공허하다
제어하고 방어하는
잡을 수 없는 너
내가 구애를 한다고 해도
너는 오지 않는

.

홀로 가는 길

홀로 가는 길은 잔인하다
이 길은 비처럼 말이 없다

훈풍은 다른 길로 비껴가고
그곳의 갈대들은 지친 채
갈팡질팡 흔들리고 있다

질펀한 늪지대를 가로질러
버드나무 가지 하나가 손을 내밀면
나는 하나의 갈대가 되어
마음을 가다듬어야 한다

이제 아무도 나를 찾지 않는다는
사실에 나는 두렵다

나는 하나만 묻고 싶다
왜 내게 아무도 없는지

제2부

모란꽃 벽지

모란꽃에서
피가 떨어진다
공에 맞은 아이처럼
코피를 뚝뚝
흘린다
후드득 후드득
팥알처럼
떨어지는 핏방울
지하도를 오르다
떨어지고
또 떨어지는
꽃잎들
벽이 빨갛게
무르익는다

나는 새싹을 똑똑
꺾는다
모란에게는 기댈 기둥이 없다

백조들

바닥 없는 평면 위에
토끼처럼 겁이 많은 백조들이
온화하게 살고 있습니다
너무나 하얘서 달이
그 안으로 빛을 발하고 있습니다
꿈으로 가득 찬 물가에서
그들만의 꽃과 돌을
비추고 있기에 백조들은

이쪽 끝에서
저쪽 끝으로 헤엄칩니다
이제 곧 달의 온화함을
고요하게 시들어가는
물가로 실어 갈 것입니다

소심한 연잎들을 평평한
날개로 가볍게 스치며

화단에 내리는 달빛

밤은 작은 도시를 지우고
한 장 잎사귀에 내린다
침묵으로 몸 바친 도시를 감싸면서
더 어두워진 나뭇가지들을
세계 위에 놓고
하늘까지 밀어 넣는다

달빛은 어둠에서 창백한
이를 불러내어 붉은 화단으로 둔다

아직 그 화단에는 새가 없다

사물의 입장에서

사물에 관련해서 또 다른 인식으로
모든 생각들에게 나는 딴지를 건다
흰 종이에 그린 원을 보는 사람에 따라
다르듯, 사물을 볼 때 눈으로 보이는 것이
전부가 아니라는 거다
사물들을 면밀히 살펴보면 사물이라고
불리는 것들은 나를 구성하고
나를 염려하고 나를 돌보던 것들의
목록이고 그것들이 스며 있는 곳도 나고,
머물러 있는 곳도 나다
물건을 만들 때 그 마음이 물건에도
그대로 투영되듯이 그 얼이
인간의 마음에서 인공물인 사물로
옮겨 붙어 깃드는 거다
사물에게도 인격이 있을 수 있다
어떤 사물에게 의미를 부여하는 순간
사물에게도 인격이 생긴다
나이 먹은 자동차, 건강한 냉장고,

말 안 듣는 컴퓨터처럼,

사물에게도 인격이 있을 수 있다

지금부터 나는

사물을 잡지 않겠다, 사로잡겠다.

밤에 더 빛나는 꽃

버스를 타고 가는 동안
당신이 생각난다
여럿이 가는 사람
중에서도

밤은 하나의 시야에
닿는다
그럴 때 밤은
장미에 골몰하는 것이어서
말끔한 쇼윈도 안에
피어 있는 내가 낯설어진다

그날 밤에는 내가 없다
이내 속으로 채워 넣은
생수처럼
밤이 두고 간 자리에
내가 없더라는 것

그럴 때 밤은 달빛과 가장

닮은 표정을 짓는 것이어서

피 색깔 분 냄새가

어색해져 꽃이

피었다는 사실을 잠시 잊는다

칸나와 폭풍

칸나의 몸짓에서
폭풍을 본다
내가 미쳐 열을
세기도 전에
폭풍은 칸나 꽃대에서
광채를 끄집어내어
다른 곳에 던져버렸다

광채는 날아올라 무자비한
삶의 격전지를 지나
자기의 아우인 다른
광채를 따라 미끄러진다

나무는 우리의 부재다

나무가 우리의 나무인
부재를 되돌려주시네
나무를 껴안은 우리는 흙의 수의네
우리는 수의를 벗어 던지고
씨앗을 하나씩 심어 벽처럼 서 있네

봄이 흘러가고 겨울이 오네
흩어져간 우리의 나무가 오시네

오셔서 우리를 무너뜨리네
무너뜨려 벽과 함께 사라지네

어제 있던 그 자리에 나무가 없다 해도
그 뿌리는 부재보다 더 현실적이네
그 이상이네

태풍의 눈

여름 몇 주 동안은 고요했다
초록들의 피는 고조되었다

미루나무 한 그루 땀에 젖은
머리칼 흔들어댄다
나는 느낀다
그들 안으로 초록의 피가
떨어지려 하는 것을
느껴왔기에
그것이 무섭게 성장하는 것을
보아왔기에
너는 다시 달아난다

너의 도주는
정원을 활보하게 만들었다
허허롭게 된 가지에서
네가 열매를 잡았을 때

너는 허영뿐이고

또다시 온 세상을

수없이 떠돌고 있는

방랑자에 불과하다

벚나무는 꿈꾸듯 진다

이상하리만큼 하얀 날이다
벚나무 꼭대기에는 벌써
빛이 바랜 날개로
사라지고 있는 문장들

가지들이 손짓을 하고 있다
그보다 더 높이

꽃들이 흩어진다
아득하게
함박눈처럼 하얀 꽃들이 쏟아진다
죽는다

먼저 죽지 말자
내 몸이 내가 흩날린다

이승을 버린 창백한 꽃들은

흰 밥이란 영혼을 가졌나 보다

거기에는 굴뚝도 있고
따뜻한 둥지도 있었다

나는 거기에서 허기진 시간들을
쌀밥으로 배를 채웠다

나는 한 그루 사과나무를 말한다

사과를 즐기는 사람이
한 그루 사과나무다
바람이 사과를 흔들어주면
사과가 떨어지는 것을 받으려는
두 손은 비둘기 같은 몸짓을 한다

달콤한 몰락의 사과가 꽃잎처럼
떨어질 때면 나는 다시 손을 올린다
그러면 또 사과가 찾아온다

사과가 떨어지는 것처럼 그것들
속으로 사과를 하나씩 딸 때마다
사과의 마음이 내게로 온다

사과나무 때문에 나는 선 채로 꿈을 꾼다
내가 사과를 꿈꾸기에 사과꽃이 핀다

올해도 사과가 무겁게 달렸다

잘 익은 시를 바구니에 담을 때에도
나는 한 그루 사과나무를 말한다

꽃은 생로병사를 치러낸다

꽃은 빨리 지지도 않고
한꺼번에
툭 떨어지지도 않는다
가지에 매달린 채
저마다의
생로병사를 끝까지 치러낸다

꽃의 죽음은 느리고도 무겁다
암 환자의 세포처럼
모든 고통 다 바치고 나서야

비로소 펄썩 바닥을 치면서
무겁게 떨어진다
그 무거운 소리로 살아 있는 동안의
중량감을 마감한다

일주일 후 열흘 후 한 죽음이
떨어지고 나면 분명히
또 한 죽음이 다시 필 것이다

숨은 몸

날이 새자 밤새 내린
눈 위에
발바닥들이 곳곳에
찍혀 있다
어디에서 왔을까

나는 그가 보고 싶어
발자국을 쫓아
정원을 한 바퀴 반을 돌아서
배롱나무를 통과하고
건초걸이 벽을 넘어 치마를 걷고
헛간으로 들어갔다 나와서

다시 창고로 들어갔다
감자 박스에서 쌀자루로 다락방으로
발자국은 환한 곳은 다 싫어
어디서나 도망 중이다

나도 뒤쫓는다
모든 곳을 쫓는다
눈 덮인 마당에는
길이 5센치 폭 7센치
발톱을 가진 짐승이
네 발로 20센치 간격으로
드나들었던 문들,
대문 앞에서 시작해
끝도 없이 가다가
얼어붙은 하수관
앞에서 끝나 있었다

그는 어디로 갔을까

발톱이 불같이 뜨거웠던 탓인지

뜨거운 다리미로 누른 듯한
발자국이 얼어붙은 하수관

표면에 꾹 찍혀 있었다

발톱이 불같이 뜨거웠던 것인지

나는 그가 너무 보고 싶어
거기서 웅크리고 있다가
수챗구멍에 내가 막히고 말았다

겨울나무

빈 바람소리 내는 가지마다
붉은 꽃잎 떨어진 자리마다
하얀 눈꽃 피었다
떨어진 꽃잎들 자기가
떨어진 줄 모르고

잎눈을 쫑긋 꽃눈을 꽉꽉
다물어보았다
눈도 안 오는데
꽃들이 비 오듯 떨어졌다
나는 슬펐다

내 꽃이 모두 몰락으로
떨어질 것만 같았다
바람도 안 부는데

투명한 내 꽃잎들이
시린 사랑으로 녹아들 때

나는 그것을 잡으려고
안간힘 다해 손을 뻗었다

하지만 그것은 허무였다
하얀 고독이었다

비어가는 가슴에 퍽퍽
울음 쏟으며
눈 밟고 서 있는 저 나무

새벽

새로운 시작이다
문을 걸어 잠근들
무슨 소용이 있나

이제 밝아진다
네가 아주 가까이
있었다는 것이
나는 네게 익숙해져
이불에서 나올 줄 모른다

창가의 포도넝쿨도
높은 가지 사이로
인사를 건넨다
새들은 오랜 날갯짓 후에

닿으려는 것이
점차 가까워 오고
있음을 느낀다

네가 발을 들여놓으면
너는 손님이 된다

새로운 시작이다

제3부

바람

문득 불어온 바람은
내 불안한
창문으로 자연히 몸을
일으키고 다시 몸을
눕히는 것은 아닐까

혹은 먼저 떠난 사람
하나가
그런 몸짓을 대신
하는 것은 아닐까

혹은 감각이 없는
허공에서
민감한 방 안으로
영역을
넓히는 걸까

나는 먼 곳에서
고함치는 것을 듣는다

3월 잡목 산

시커멓게 등을 돌린 잡목 산
아카시아 뿌리로 쩔어
목이 잘린 모가지에
발이 걸려 곤두박질해도

저 높은 산은 아래로 손을 뻗어
명랑한 선물을 내린다

개울물 소리의 가락이 달라지고
갖가지 잡목이 엉성하지만
모든 것이 들썩이고
모든 것들이 움직인다

뜻밖에도 너는 눈 녹은 다음에도
속뼈가 그대로인 잎이며, 줄기며, 가지
하나하나에 생기를 불어넣는다

짙어지며 저물자

엎드려서 품다

모래바람 굽은 등 훑고 가면

제 모습에 놀란 주변은 사라지고

마을은 밤내 절은 독한 연기로

눈 뜨는 법 없이 가라앉을 뿐이다

걸어서 한 백 리쯤 가면

아직도 만나지 못한 별빛 서너 움큼

야물게 입에 물고 눈물 뚝뚝

내려놓는 그런 저녁은 없을까

그 저녁의 바닷가엔 어수룩한

물고기가 올무에 걸려 젓갈인 양 숙성되어

형체조차 사라지더라도

저물어가는 노을비만 걷힌다면

그 까짓게 얼마나 아프겠나

알뿌리

아직도 깨어나지 않은
새파란 여자
뱃속에서 아직도
눈 못 뜬 여자
그 여자를 생각한다

그녀가 낳은 알뿌리를
심어놓고
그녀가 몸 밖으로
나오기를 기다리며
그 여자를 품에 안는
상상을 한다

그녀는 갇혀 있다

곧 은밀한 속삭임이
떨려 나오리라
나는 오늘도 그 여자가

아기를 낳는 꿈을 꾼다

바람이 우리를
갈라놓겠다고 하더라도

백봉령*

무한의 푸른색 안에 한 줄기

바람처럼 스치고 지나가는 새

고달픈 형태를 지닌 곳

구름 그림자들이 그 형태에 뒤섞여

그곳의 모습을 만들어놓고 있다

검푸른 낙엽송 아래에 펼쳐져 있는

고랭지의 밭들은 거친

산들의 경사지를 이루고 있다

검푸른 광채로 그것들은 산보다

하늘에 속한 것처럼 보인다

저 아래 무릉계곡쯤에서 보면

필시 구름일 안개가 산을 감싸고 있으리라

* 강원도 정선 백봉령.

벚꽃 소풍

벚나무 가랑이 사이로
꼬리가 살짝 비친 햇빛과
활짝 열어놓은 밥솥 앞에서
쌀밥 배불리 먹는 날

누가 지은 쌀밥들인가

하얀 밥풀 하나마다 이승에 잠시
머물다 갔던 수많은 손들이 내미는
수많은 숟가락들
그 얼굴들이
흰 쌀밥으로 넘쳐 흐른다

모내기

물 위에 실뿌리를
얹어놓으니
실바람에 넘어질
모양새다

논이 뀐 방귀가
부글부글 끓어대니
순식간에 못 전체가
메워진다

모를 다 심고 나니
논은 마취에서
깨어난 듯 뻐근하다

자작나무와 돌풍

부드러운 드레스를 입은
당신은 오월의 신부처럼 새하얗지만
나는 당신이 숲속의 요정이길 원했어요
자매처럼 서 있는 자작나무 숲으로
달려 나가 나는 당신께 소리쳤어요
내가 돌풍이라고 그럴 때 당신은
흔쾌히 제 어린 가지 하나를 내주었어요
나는 하얀 옆구리가 피가 나도록 당신께
포도주로 만찬을 베풀었어요

암자

회색 옷을 입은 사람들이
물푸레나무를 딛고 올라서서
닿는 산허리에 암자가 있다
법당 한쪽에는 거리의 상점에서
흔히 볼 수 있는 중년 남자의
얼굴이 사진 속에 있다
바람 소리인가
추운 곳에서 밀고 들어온 달빛에
그의 낯빛이 분홍으로 한 번 더
피어나다가 저 산 깊이
문 열고 들어가 다시 나오지 않는다
거기는 죽음으로 시작하고
태어남으로 마감한다
나는 삶과 죽음의 중간 지점
이승도 저승도 아닌 틈새
나 떠나야 비로소 떠날 그 쭈그렁 노인
그것이 나를 슬며시 끌어안는다

푸른 철도

나는 이것으로부터 내가 염려하는 한
원점으로 돌아갈 수 있는 관계에 있다

내게서 멀리 물러나 있는 바깥세상은
경계 짓고 구분 짓는 무언의 동의만이
내게 눈길을 줄 뿐 이것을
붙잡을 수 있었던가

크지도 않은 경사에 일상은 밀려나고
중간중간 거치는 간이역은
아무런 응답이 없네

지난날 은하철도를 타고 철이와 힘차게
달려간 듯한 일들을 이미 그 시절에
떠나간 듯하게 다시 한번 보여주면서

삼화사*

이 집은 고요하다
이 침묵은 어디서 오는 걸까
삼백 년 전부터 이곳에
들어왔던 모든 사람에게서 왔을까

헌금함 속으로 떨어지면서
소리를 잃어버리는
돈에서일까

이 장소의 남자 주인은 부재중이다
그는 이름을 불러도 다가오지 않는다

백팔 배를 받고도
그늘 속에 가만히 앉아 있다
그는 실제로부터 거리를 유지한다

모든 것을 보고
모든 것을 듣기 위해서

아주 잘 자리 잡고 있는 것이다

* 동해시 삼화사.

가을은 이미

대문을 걸어 잠근들 무슨
소용이 있나
이제 밝혀진다
가을이 아주 가까이
와 있었다는 것을
누렇게 바랜 논밭은
허허로운 삶에
지쳐 벌써 어두운 옷을 입고
조용히 펼쳐져 있다

고욤 이파리가 막 물들기 시작하고
희뿌연 안개가 꿈에 취해 있을 때
저녁이 다가오고, 집은 비밀스러워지며
모든 마을은 같아진다

몇몇 여자들과 사색하는 남자들은
진흙투성이인 고랑에 누워
가을의 느낌을 풍요롭게 내며

한 고향 동네에 와 있다

아이들이 더듬더듬 말하는 곳
아멘 소리들이 금방 사라져간 곳
사람들은 방에서 나올 줄 모른다
가을이 이미 가득 차 그 형체가
더 깊어질 때면
너는 빨갛게 밝힌 토끼눈이 된다

눈사람

어제까지 있었는데
오늘은 없는 자
이름이 없는 자
이름이 없어
더 이상 부르지
말아야 할 자
존재와 부재 사이를
오가는 자
녹기 위해 존재하는 자
사생활이 없는 자

그 이름들은 제설차에서처럼
작은 덩이에서 큰 덩이로
뭉쳐져
한 가지 보통명사로
통일되어 있다

사람에게는 구분할 명칭과

성별이 있지만

그에게는 그런 것이

없다

이름을 지워야 할 이름이

없어

사라져야 마땅한 자

제4부

논골담 담쟁이*

숱한 사내들이 오줌을
갈겼던 담
그 담을 경고의 담이라고
우리가 여겼을 때

담쟁이 줄기 하나가
오줌 줄기 수만큼 꼭 그만큼
새싹들을 이끌고 벼랑을
기어오르며

사내들의 키를 넘고 있다

담쟁이는 고개 숙인 사내들을
탓하지 않고
사내들과 하나가 된다

오줌 줄기는
빗줄기보다 따습다면서

* 동해시 등대마을 논골담.

해넘이와 해돋이

백발의
늙은이가
금발의
젊은이에게
나뭇가지처럼
앙크랗게 된 손을
흔들며
그 산맥에 황금
덩어리가
묻혀 있다고 한다

금발의
젊은이는
백발의
늙은이에게
피투성이가 된 손을
흔들며
그 산맥에서 황금

덩어리를

캐고 있다고 한다

북평장날이면*

북평장날이면 그는 어김없이
이 골목 저 골목 문간을 두드리며
자질구레한 생필품을 실은
수레를 끌며 시선을 끈다
사람들은 그의 가난을 덜어주려고
수레에서 파는 생필품을 사기도 하고
흔쾌히 동전 한 닢을 보탠다
그를 밀어주는 발걸음이 되어
그는 수레보다 낮게 간다 거북이처럼

바닥에 배를 깔고 네 발로 기어간다
그의 쉰 목청이 장안 가득 울려 퍼진다
숨은 그림을 불러내듯
외치고 있다

만일 물건을 못 팔면 재주라도
팔아야 한다는 듯 오늘도
그는 언제나처럼 무거운 몸을 이끌고

인파 속 어둠 속으로 들어가고 있다

* 동해시 북평오일장.

바이올린과 사나이

그 창작의 시간은
떡갈나무처럼 어둑하고
고통스러웠지만
시월의 축제는 내게 왔네

그날 밤 한 사나이가
바이올린을
치켜들고 내 앞에
서 있었네
그가 켜는 첫 노래가
시작되기 전에
난 알았네, 그것이
내 인생임을

사나이여 제발 연주를
멈추지 마시라
그 노래가 내 삶이고
희로애락이네

내 인생의 수고를 길게
연주해주시라

그날 밤 뉘가 암송한
한 구절 시처럼
너무 짧게 연주하면
내 인생이
그렇게 빨리 끝날 것 같네

비렁뱅이

이 손으로는 이제
아무것도 할 수 없네
사람들은 나를
방해하지도 않네
내 몸에 붙어 있는 것은
해지고 낡아빠져
몰골이 흉하네

이런 것을 불구덩이
속에 넣지 않고
부처님은 왜 망설이고 있는 건지
무뚝뚝한 내 입 때문인지

머릿속에서는 모양새가
아주 여러 번
곱던 것 같았는데
엄마보다 더 바짝
이 얼굴 곁에

다가온 사람은 아무도 없네

그런데 엄마는 얼굴이 없네

갓난아기

알지 못할 때
아무것도 배우기 이전에
있는 것이 아이다
보고 듣고 알아서 생긴 것은
아이가 아니다
본래 타고난 자기의 성품이
진정한 순수다

갓난아이에게는 의지도
어떤 구분도, 욕구도
부도덕도, 불손도 없다

아기에게 있는 것은
지금 이 순간이 있는 것
어떠한 노력 없이도 있는 것

있는 그대로
배고프면 울고 소리 나면

반응을 하고 사물을 보면
손을 대고 배부르면
잠을 잔다

내가 나인 줄 모를 때가 있는 것
이것이 나인 줄 아는 것

이것이 갓난아기 때부터
변하지 않는 하나의 모습이다

난롯가의 초상

겨울의 난롯가는 고된 바깥의
일상을 짧게 한다
익숙한 불꽃들은 나직이
중얼거리며 오래된 송진 속에
숨은 향료들을 흩뿌리며
복수초를 꽃피운다

불빛에 맴도는 나방처럼
찻잔에 허브향의 안정이 감돈다
미풍양속에 관한 책은
이미 젖혀져 있고
빙 둘러앉으면 빠진
사람은 하나도 없다
혀끝에서 흐르는 소리가
눈에 띄지 않게 귀 기울인다
가진 게 없다고
쉽사리 성향이 바뀔까?

모더니스트 예술가들은
꿈을 좇아 뒷골목의
허름한 집을 찾아
뒤엉켜 살며 저마다의
흔적을 남기지만
몇 달 치 방세가 밀려
집 주인에게 독촉을
받고 보니

난로에 밝힐 땔감이 없어
루돌프의 희곡이 담긴 책을 찢어
넣고 겨우 몸을 녹인다

불꽃은 번잡한 일상에 지친 이들에게
안락함을 주지만 그 이면은
고통과 깊은 고립감이 담겨 있다

육체에 깃든 고통이 정신의 열기를 식히며

난로 속의 나무들이 무너지면
지친 불꽃은 꺼져가는 잿더미에서
연기를 내며 본래의 형태와
꿈을 잃어가지만 얼음처럼 차갑게
밀려오는 그 마음에 파고든
그 격한 증오를 쉬이 녹여주리라

성냥

그 안에는 천송이
장미가 붉게
망울져 있다
장미들은
누군가에 의해
상쾌한 바깥이
되기 위해

행운의 불씨를
기다리고 있다

그것들은 마음의
심지에 붙인
결 고운 불꽃들이다

개, 고양이, 쥐

지난밤 개가 사력을 다해
멈추지 않고 짖더니
아침에 쥐와 고양이 발자국이
눈 위에 번잡하게 찍혀 있다
아마도 지난밤 고양이와 쥐가
추격전을 벌였나 보다
누가 아침을 챙겨 줬는지

나는 짖지 않는 개 한 마리와
흩어진 발자국들을 밟지 않고
쫓아가 보았다
오래된 우물을 지나
창고를 거쳐 가을걷이를
묻어둔 흙더미 구멍 앞에
발자국이 멈춰 있다

구멍은 사라질 때도 구멍
나타날 때도 구멍으로 통하나 보다

고양이와 쥐의 시야는 좁다

고양이가 감시 카메라 렌즈에 대고
얼마나 오래 머리를 박았는지
카메라 렌즈에 고양이
머리털이 몇 가닥 찍혀 있다

쥐가 감시 카메라 뒤에
숨어서 지켜보고 있었나 보다

나는 지금도 감시 카메라 뒤에서
망보고 있는
우리집 쥐에게 말하련다
제발 이삿짐 좀 싸달라고

놈은 매일 밤 이빨을 갈며 새끼를
열 마리씩이나 낳는다고
그리고

어미와 아비만 남는다고

아침이 되면
아빠는 떠나고 엄마만 남아
쥐구멍을 온몸으로 막는다고

고양이처럼 나를 쫓는 집에서
나가 달라고 짐 좀 빼달라고

낮에는 자고 밤에는
바람과 눈 발자국 소리까지
경비를 서는
짖지 않는 개 한 마리가
털 묻은 발자국에
털 난 코를 대고 있다

검둥아 누구 발 냄새니?

말

말은 너무 가볍다
물방울처럼
허공을
둥둥 떠다닌다

속이 텅 비어서
허공에
꽉 찬 말
눈에 띄지
않는 말

나는 그 말에
재갈을 물린다

촛대바위*

난 지금까지 촛대바위가
날 좋아하는 줄 알았다
촛대바위에 시도 읊어주고
뱃노래도 불러주었지
추암 바다엔 유한한 존재가
짐작조차 할 수 없는
거대한 우울이 깃들어 있었지

그곳에 둥지를 튼 갈매기들과
정도 쌓고
촛대바위의 튼실한 허벅지도
쳐다봐주었지

오늘은 촛대바위를 보면서
망부석이 된 한 어부를 생각했다
어부가 첩을 두었는데
그 첩이 천하일색이라 정실의
시기를 사고 말았고 두 여자가

밥만 먹으면
서로 아옹다옹 싸우는데
종래는 하늘도 그 꼴을 보지 못하고
두 여자를 데려갔다는 얘기

홀로 남은 어부는 하늘로 간
두 여자를 그리며
그 바닷가 그 자리에 하염없이
서 있다가 망부석처럼
바위가 되었는데
그 바위가 지금의 촛대바위라는 것
그 자리에 돌기둥이
세 개가 있었는데
벼락 맞아 부러진 두 개의 돌기둥이
두 여자였었다는 것

나는 명왕성에서 온 여자처럼
생각을 이어갔다

나의 생각이 벼락을 불러들이는
그 찰나! 기암괴석 아래로 내 몸이
내동댕이쳐졌다
악! 비명이 파도처럼 달려들어
촛대바위 뺨을 후려갈겼다

지금까지 난 촛대바위가 날
좋아하는 줄 알았다
아픈 허리를 이끌고 돌계단을
내려오며 생각했다
촛대바위가 나를 밀어낸 것만 같아
눈물이 핑 돈다
무슨 고약한 생각을 한 것만 같아
가슴이 뭉친다

* 동해시 추암 촛대바위.

기도

두 손은
서로 꼭 포갠다
둘 다 외로운
까닭에
그와 같이
내면을 위한 손인가
어떤 사물을
위한 손인가
진정으로 고독하기에
두 손은 꼬옥
합장되어야 한다
그 속에는 언제나 시작이

단 한 번도 노래 부른 적 없는

모든 것이 떠나갔다
나를 오랫동안 기다려준
그 방은 온기가
사라진 지 오래다

검은 밤이 인동초 넝쿨을
가득 채우고
나뭇가지들은 몸을 떨며
더 높이 올라간다
두메산골 속으로

아직 한 번도 노래
부른 적 없는
그 많고 많은 별 중
하나만은
지금도 분명 비추고
있으리라

영원히 사라지지 않고
그 노래는 꽃 피어 있는
나무들보다
훨씬 풍요롭고 빛난다

냉동 칸

옛 편지에서처럼
오직 과거만으로
봉인된 속으로 999 열차는
계속 오고 갔지만
철이는 빙산처럼 가만히 떠 있네
얼음 연못 속에 처박혀 있는
오래된 미래들, 어릴 적
얼굴들을 도려낸 것처럼
그렇게 동강 난 이목구비들은
철이를 꼭 껴안았네

차창에 피는 눈꽃 매단 순환선이
멈추고 얼음 이목구비들은
아무도 모르게 증발하네

얼음 이목구비들은 녹은 다음에도
속뼈가 그대로인 채 썩기 시작하네
이제 나와의 은하철도 999는 끊어졌네

순환적 세계 인식과 저녁의 신비

임동확

　자연의 가장 큰 힘은 순환에서 나온다. 주기적으로 되풀이하여
돎 또는 그런 과정이 자연의 불변의 본성이자 가장 원초적인 힘
이다. 우린 그런 순환적이고 예측 가능한 자연 속에서 식량과 잠
자리를 구하며 생명을 유지한다. 한 치의 오차도 없이 진행되는,
예측 가능한 순환적 질서의 시간 속에서 오늘의 문명을 구축하고
미래를 설계한다. 특별한 경우가 아니라면 일정한 때보다 "빨리
지지" "않"거나 "한꺼번에/뚝 떨어지지도 않"은 채, "저마다의/생
로병사를 끝까지 치러"(「꽃은 생로병사를 치러낸다」)내는 순환의 세계
가 흔들리지 않는 자연의 이법(理法)이다.

　하지만 모든 자연이 "아카시아 뿌리로 쩔어/목이 잘린 모가지
에/발이 걸려 곤두박질"하는 "잡목 산"이라고 할지라도 어김없이
"모든 것"을 "들썩"이거나 "움직"이게 하는 "명랑한 선물"(「3월 잡목
산」)을 선사하는 게 아니다. 때로 "폭풍"처럼 난폭한 자연은 "칸나

꽃대에서/광채를 끄집어내어/다른 곳에 던져버"(「칸나와 폭풍」)리는 폭력을 서슴없이 저지른다. 기압의 변화에 의하여 일어나는 공기의 움직임을 의미하는 "바람"은 그 무수한 유익함에도 때로 잔인하게 "우리를/갈라 놓"(「알뿌리」)는 악역을 도맡는 데 한 치의 망설임조차 없다.

그럼에도 불구하고 우린 그런 자연에 곧잘 기대거나 의지한다. 주지하다시피 그런 자연이 주는 아낌없는 치유력 때문이다. 권정수 시인도 예외 없이 그런 자연의 치유 능력에 주목한다. 그녀는 "이제 아무도 나를 찾지 않는" "홀로 가는" 생의 "잔인"한 "길"(「홀로 가는 길」) 위에서 만난 자연의 세계에 의지해 깊은 휴식을 취하거나 혼자만의 자가(自家) 치료에 나선다. 때로 "아름다운 삶 안에서/배반당한 가슴"의 상처를 달래고 치유하고자 자기 회생 또는 회복의 긴 "기다림"(「노래하는 사람들」)을 감내한다.

> 폭풍이 지나간 뒤에
> 나무는 침묵의 치료를 견디어낸다
> 움직이지 마, 가만히 있어
> 조금만 참아, 곧 괜찮아질 거야
> 소리치는 침묵은
>
> 거기에 깃들어 사는 어떤 외과 의사 같다
> 나무들은 관절이 몸 밖으로 부러져
> 나갔지만 아무 소리도 내지 않았다
>
> ─「고요함이 스스로 말한다」 부분

어쩌면 어떤 깊은 내면적인 상처를 입은 권정수 시인 자신의 의인화(擬人化)이자 도플갱어(doppelganger)로서 거친 폭풍에 관절이 부러진 나무는 자연을 대표하며, 바로 그것의 치료법은 침묵이다. 침묵이야말로 상처 받은 나무의 부위를 치료하는 자연의 유일한 외과적 처방법이다. 그러니까 가능한 한 움직이지 않거나 고통을 견디어내는 일이 중요한 자연치료 행위다. 인간이 '소리치는 침묵'으로서 자연에게 기대하는 것은, 그러므로 어떤 가시적이고 적극적인 치료가 아니다. 인간에게 조금만 참고 견뎌내면 곧 괜찮아질 거야라는, 자연의 깊은 위로와 믿음이다.

우린 기꺼이 그런 인내와 위로의 배경이 되어주는 넉넉하고 든든한 자연의 품안에서 "서로 몸을 바싹 붙인" 채 "장님처럼 더듬으며/서로를 알아"보거나 "사랑에 취한"(「항구 여인숙」)다. 값싼 동정이나 연민일망정 "북평장날" "바닥에 배를 깔고 네 발로 기어"가는 "그의 가난을 덜어"주고자 애써 "생필품을 사"거나 "흔쾌히 동전 한 닢을 보"태며 "오늘도" "언제나처럼 무거운 몸"(「북평장날이면」)을 애써 일으켜 살아간다. 그러니까 인간의 질병이나 부상에 대한 공격보다 방어력으로써 일종으로 자연의 창조적 행위의 하나가 자연의 치유력이다. 가장 독창적이고 내적이며 가장 심층적인 데서 나오는 모든 자연의 행위를 전제로 하는 힘이 진정한 의미의 자연의 치유력이라고 할 수 있다.

권정수 시인에게 그런 점에서 자연은 무엇보다도 '모성적인 것'이다. 그래서 "아직도 깨어나지 않은/새파란 여자" 또는 "뱃속에서 아직도/눈 못 뜬 여자"로 비유되는 자연은, 우선적으로 "오늘도" "아기를 낳는 꿈을 꾼다"(「알뿌리」). "아침이 되면" 식구들의 안전을 팽개치고 나그네처럼 "떠나"는 "아빠"대신 "고양이"가 노려보는 "쥐구멍을 온몸으로 막는" "엄마"(「개, 고양이, 쥐」) 쥐처럼 그녀에게 어머니는 자연처럼 자신의 생존과 안전을 지켜주는 가장 믿음직한 보호막이다. 우연히 마주친 풍경 하나하나는 자신을 사랑과 자애로서 낳고 키우며, 영양을 공급하고 보호하는 어머니와 같다.

> 나는 그것이 암탉 배 밑에 숨어
> 갓 깨어난 병아리 한 마리인가 했다
>
> 저것들은 가지 끝에 서서 떨어지지만
> 엄마 배 밑에, 날갯죽지, 꽁지 속에
> 숨어 갓 깨어난 연노랑
> 병아리들이다
>
> —「한 잎」 부분

권정수 시인의 이번 시집의 제목이기도 한 위 시에서 '그것'은 키 큰 종유석 위에 붙어 있는 은행나무 한 잎이다. 문제는 한 잎의 은행잎을 마치 암탉의 배 밑에서 갓 부화한 병아리 한 마리로 착각했다는 점인데, 이는 곧 내가 그만큼 내면적으로 어린 병아리처럼 어머니의 보호와 사랑을 원하고 있다는 것을 뜻한다. 다시 말해, 불가피하게 엄마와 떨어져 지내거나 행여 사별한 '나'는 그 은행잎을 보며 어미닭이 자신의 배와 날개 죽지, 혹은 꽁지 속에 갓 깨어난 자신의 새끼들을 필사적으로 끌어안고 있는 모습을 연상한다. 종유석에 우연히 붙어 있는 은행잎 한 장에서조차 어머니를 연상할 만큼 '나'는 지금 모성의 부재 내지 결핍을 감내하는 중에 있다.

이처럼 "나"는 "엄마"의 보살핌이나 도움 없이 "아무것도 할 수 없"는 "사람"이다. 특히 "이제" "해지고 낡아빠져/몰골이 흉"해진 모습의 "나"의 "얼굴 곁에" "바짝" "다가"올 수 있는 이는 오직 "엄마"뿐이다. 그럼에도 불구하고 그 "엄마"는 이제 현실에 "얼굴"을 드러낼 수 "없"(「비렁뱅이」)다. 이제 기억 속에서만 존재하는 어머니를 가진 '나'는 스스로를 아무것도 가진 것 없는 '비렁뱅이' 또는 고아에 지나지 않는 형편이다.

권정수 시인의 시 속에서 문득문득 내비치는 실존적인 고립감 내지 단독성은 바로 이와 연결되어 있다. 마치 "공에 맞은 아이처럼/코피를 뚝뚝/흘"리거나 "새싹을 똑똑/꺾는" 행동은, 그 어딘가에 "기댈 기둥이 없"(「모란꽃 편지」)는 이들이 자주 보여주는 무의식적인 반응이다. "바람도 안 부는데" "꽃이 모두 몰락으로/떨어질 것 만 같"은 불안감, 뭔가를 붙"잡으려고/안간힘 다해 손을 뻗었"으나 결국 잡히는 것이라곤 "허무"와 "하얀 고독"으로 "비어가는 가슴에 퍽퍽/울음 쏟으며/눈 밟고 서 있는 저" 겨울"나무"(「겨울나무」)는, 다름 아닌 바로 영원한 안식처이자 의지 대상을 잃은 '나'의 분신에 지나지 않은 셈이다.

한 명의 시인으로서 '노래'를 통해 어머니의 부재로 인한 유한성과 필멸성의 경험을 불멸성과 무한성으로 뒤바꾸자 하는 그녀의 노력은 여기서 시작된다. 비록 모든 "창작의 시간"은 "어둑하고/고통스러"울지라도, 애써 "연주"하는 "노래"는, 바로 "내 삶이고/희로애락"(「바이올린과 사나이」)이자 어머니의 상실을 대신하는 유일한 위안의 수단이 된다.

> 슬프다 노래하는 사람들
> 고집스러운 시한부들은
> 삶이 우리에게 못박혀
> 있듯이 머물러 있네
>
> …(중략)…
>
> 그 후렴의 시간은 그다지
> 길지가 않네
> 우리의 몸짓은 지속되지 않네
> 그 노래는 우리의 땅에서
> 우리가 사라진 뒤에도 살아남네
>
> —「노래하는 사람들」 부분

우린 단지 즐거워서 '노래하는 사람들'이 아니다. 그보다는 저마다의 '슬픔' 때문에 줄곧 노래한다. 그리고 그 노래를 하게 만드는 원천으로서 슬픔은, 특히 모든 생명체가 지닌 유한성에서 온다. 우리 모두는 그런 점에서 모두 '시한부'인 셈인데, 그 '시한부' 인생들은 자기만의 슬픔을 고집스레 노래하며 이 지상에 머문다. 그럼에도 그 후렴의 시간은 그다지 길지 않다. 말하자면, 결국 우리의 어떤 몸짓도 지속되지 않는다. 다만 슬픔을 노래하는 '노래'만이 그런 지상의 시간 속에서 그나마 영속성을 갖는다. 유한한 시간을 허락받은 우리가 사라진 뒤에도 그나마 상대적으로 오래

유전(流轉)할 가능성이 큰 것이 '노래'이다.

잠시나마 "슬그머니/삶 밖으로 나"가게 하거나 "이미 살았던" "삶"을 반추하게 하는 "노래"는, 그래서 "그녀의 인생"(『피아노』)이고 시다. 그녀는 그러한 노래의 힘에 의탁해 "너무 가"벼워 "물방울처럼/허공을 둥둥 떠다"니는, "속이 텅 비어서/허공에/꽉" 차거나 "눈에 띄지/않는 말"에 "재갈을 물"(『말』)리고 한다. 하지만 그 작업은 "진정으로 고독"한 까닭에 "언제나" 새로운 "시작"을 위하여 "두 손"을 "서로 꼭 포"개거나 "합장"(『기도』)하게 만든다. 나아가, 급기야 "하늘을 향한 희생의/두 손"(『피아노』)을 모은 기도를 올리도록 한다.

> 내가 알지 못하는
> 그다음 날이
> 내 숨겨진 두 손에 의해
> 전혀 다른 날이 되기를
>
> 그날의 밤은 갑작스러운
> 비상으로 내 눈을 멀게
> 만들 것이네
>
> 이 세상 단 한 번 날아보는
> 이 캄캄한 체념의
> 고독 안에서
> 나는 아주 선량해질 것이네
>
> ―「그다음 날의 기도」 부분

갑작스런 비상으로 내 눈을 멀게 한 그날 밤은 다름 아닌 내가 바로 죽은 날이다. '나'는 그런 '나'의 죽음 그다음 날에 기도를 드리고자 하는데, '나'는 내 숨겨진 두 손'을 통해 지상의 삶과 전혀 다른 시간의 세계가 펼쳐지기를 기도한다. 특히 역설적이나마 이 세상을 단 한 번 날아보는, 그러나 정확히는 아주 캄캄하고 절망적인 체념의 고독안에서 아주 선량해질 '나'를 소망한다. 간절한 기도를 통해 '나'는 누구도 대신할 수 없는 '나'의 죽음에 '먼저 달려가 봄'(先驅)으로서 훼손되기 이전 본래의 '나'로 귀환하고자 한다.

권정수 시인의 이번 시집을 빛내는 수작(秀作) 가운데 하나이자 인간의 본성론이면서 일종의 시론인 시 「맛보는 아이」를 살펴보기로 하자.

귀 모양으로 생긴 본질 하나가
오래된 나무의 나이테처럼
휘어져 있다가 몸을
쭉 펴는 순간
아이는 휘돌아간 시간들을
몽땅 손에 넣지 않았던가

아이는 태어난 그 순간부터
가장 늙은 얼굴이면서
새로운 얼굴이네

겉으론 순종적인 것 같지만

가장 기괴한 얼굴이네
아이에게는 예의가 없고
도덕도 없으며 정의도 없네
허망한 것을 진실하다고
여기지도 않고 진실한 것을
따로 챙기지도 않네

다만 지금 이대로 타고난
자기 본성으로 미래의

욕망에 대한 셀 수 없이 많은
증거를 요청할 수 있네

　　　　　　　　　　—「맛보는 아이」 전문

　이지(李贄)의 동심설(童心說)을 연상시키는 위시에서 '아이'는 귀
모양으로 생긴 본질을 시간적으로 구현한 인격체로서 태어난 순
간부터 가장 늙은 얼굴이자 새로운 얼굴을 한 모순적 존재다. 특
히 겉으로 순종적인 것 같지만 가장 기괴한 모습의 얼굴을 하고
있다. 무엇보다도 그 아이에겐 인간으로서 마땅히 지켜야 할 '예
의'나 '도덕', 그리고 어떤 진리나 사리에 맞는 '정의'가 없다. 하지
만 그 아이는 허망한 것을 진실하다고 여기거나 진실한 것을 따
로 챙기지 않는데, 바로 그것은 그런 아이의 마음 상태가 처음부
터 기존의 윤리도덕이나 진리와 상관없이 진심(眞心)이라는 것을
의미한다. 타고난 본성 자체가 선악과 미추를 넘어서 올바르지
않는 것이 없으며, 따라서 셀 수 없는 미래의 욕망조차 불순하거

나 거짓된 것이 아니라 참된 마음의 발현체가 '아이'다.

권정수 시인에게 올바른 의미의 시는, 따라서 "아무것도" "알지 못"하거나 "배우기 이전"의 "갓난아이(赤子)"와 같은 것으로서 "본래 타고난 자기의 성품"을 있는 그대로 드러내는 것이 "진정한" 의미의 시적 "순수"다. "갓난아이"처럼 어떤 "의지"나 "구분", "욕구"나 "부도덕" 혹은 "불손" 이전의 본래의 모습이 "자연"이고 그 "어떠한" 인위적 "노력 없이" "지금 이 순간" "있는" 처음 그대로의 상태를 드러내는 것이 한 편의 시다.

그러니까 좋은 시는 어떤 꾸밈이나 가식 없이 "있는 그대로/배고프면 울고 소리 나면/반응을 하고/사물을 보면/손을 대고/배부르면 잠"을 청하는 상태. 마치 세상에 방금 태어난 아이처럼 "내가 나인 줄" 미처 "모를 때"가 성인이 된 뒤에도 그 자신의 본래의 모습이며, "이것"이야말로 "갓난아기 때부터/변하지 않는 하나의" 인간 본래의 "모습"("갓난아이")에 육박해 들어간다. 만물의 본래의 성질이나 모습에 어긋남이 없는 모습을 하고 있는 게 '갓난아이'며, 그러한 '갓난아이'처럼 처음 있는 그대로의 날것 상태에 도전해 가는 것이 그녀가 지향하는 참된 시의 세계다.

수많은 "별" 가운데 "하나만은" 분명"하게 "비추"는, "아직 한 번도" "부른 적 없는" "노래"의 기적은 이때 일어난다. 마치 '갓난아이' 같은 상태에 도달했을 때, 모든 시인의 입에선 "꽃 피어 있는/나무들보다/훨씬 풍요롭고 빛"나는, "영원히 사라지지 않"는 "노래"("단 한 번도 부른 적 없는")가 저절로 흘러나온다. 그리고 바로 그럴 때, 시인은 자신도 미처 의식하지 못하는 온갖 비유의 "불꽃들이 나직이/나직이 중얼거리며" "복수초를 피운다". 어느새 "미풍

양속에 관한 책"은 "이미 젖혀져 있"는 채 "빠진" 것 "하나도 없"는 모든 존재의 말과 말의 상자가 "꿈을 좇"는 "모더니스트 예술가" 주위로 몰려든다. 심지어 모든 "고통"과 "고립감"조차 말이 되고자 하며, 쉬 "눈에 띄지 않"는 모든 생성은 시인에게서 "정신의 열기를 식히"고 "격한 증오를 쉬이 녹여주"(「난롯가의 초상」)는 방법을 배우고 한다.

권정수 시인의 이른바 사물론은 이러한 영감적 경험 내지 세계 인식의 산물이다.

> 사물들을 면밀히 살펴보면 사물이라고
> 불리는 것들은 나를 구성하고
> 나를 염려하고 나를 돌보던 것들의
> 목록이고 그것들이 스며 있는 곳도 나고,
> 머물러 있는 곳도 나다
> 물건을 만들 때 그 마음이 물건에도
> 그대로 투영되듯이 그 얼이
> 인간의 마음에서 인공물인 사물로
> 옮겨 붙어 깃드는 거다
> 사물에게도 인격이 있을 수 있다
> 어떤 사물에게 의미를 부여하는 순간
> 사물에게도 인격이 생긴다
>
> ―「사물의 입장에서」 부분

얼핏 보면, 권정수 시인은 "어떤 사물에게 의미를 부여하는 순간 사물에게도 인격이 생긴다"는 입장에 서 있다. 그리고 이는 그녀가 실재하는 것은 오직 자아뿐이며 다른 모든 것은 자아의 관념이거나 현상에 지나지 않는다는 유아론(唯我論)에 서 있는 것처럼 보인다. 하지만 모든 사물이 실상 나를 구성하고 염려하며 돌보는 것들의 목록이라는 입장으로 볼 때면, 분명 그녀는 주객의 분열 내지 분리를 지양해온 일원론적 세계의 시인이다. 그러니까 그녀는 주체와 객체, 현상과 존재, 개별성과 일반성의 구별 이전의 생기 사건에 주목하면서 사물과 나의 분리 불가함을 주장하고 있다. 어떤 물건을 만들 때 인간의 마음과 얼이 사물로 옮겨 붙어 깃드는 상호작용의 결과, 그녀는 오히려 사물이 인간을 구축할 수 있다고 보고 있는 시인에 속한다.

> 사과를 즐기는 사람이
> 한 그루 사과나무다
> 바람이 사과를 흔들어주면
> 사과가 떨어지는 것을 받으려는
> 두 손은 비둘기 같은 몸짓을 한다
>
> 달콤한 몰락의 사과가 꽃잎처럼
> 떨어질 때면 나는 다시 손을 올린다
> 그러면 또 사과가 찾아온다
>
> 사과가 떨어지는 것처럼 그것들
> 속으로 사과를 하나씩 딸 때마다
> 사과의 마음이 내게로 온다

…(중략)…

잘 익은 시를 바구니에 담을 때에도
나는 한 그루 사과나무를 말한다
—「나는 한 그루 사과나무를 말한다」 부분

　이제 사과나무와 사과를 즐기는 사람의 구분을 무의미하다. 그
걸 즐길 때 사과나무와 인간은 대립하는 것이 아니라, 직접적이
고 분할되지 않는 통일체를 형성한다. 하지만 그 통일체는 지속
적으로 존재하는 것이 아니다. 그때마다 가변적이기에 바람에 떨
어지는 사과를 받으려 공손히 두 손을 모은다. 그럼에도 불구하
고 달콤한 사과가 떨어지는 것처럼 그때그때마다 새롭고 다른,
선취할 수 없는 방식으로 다가오는 게 사과다. 그러니까 떨어지
는 사과 속에서 사과를 딸 때마다 다가오는 사과의 마음은 끊임
없이 새롭고 다른 형태를 발견해 가는 과정으로서 '나'와 '사과'의
공동 정신을 의미한다. 특히 이러한 정신은 인간의 소유물도, 사
물인 사과의 소유도 아니라 인간과 사물의 공동작으로서 "잘 익
은 시"만이 서로 상이한 것들 속에서 분리되지도 않은 채 생기하
는 바로 그 일자(一者)의 상태 또는 이러한 공동성을 시적 언어에
담는 데 성공한다.
　지금껏 망각되어왔거나 잘못 이해되어왔던 일군의 현상들의
근거요 상징인 밤의 공동체는 여기서 출현한다. 밤은 이제 인간
과 사물의 분리될 수 없는 통일 또는 공창조성을 의미하며, 그 속
에서 인간과 세계가 서로로부터 예측할 수 없는 새로움으로 출현

한다.

> 고욤 이파리가 막 물들기 시작하고
> 희뿌연 안개가 꿈에 취해 있을 때
> 저녁이 다가오고, 집은 비밀스러워지며
> 모든 마을은 같아진다
>
> 몇몇 여자들과 사색하는 남자들은
> 진흙투성이인 고랑에 누워
> 가을의 느낌을 풍요롭게 내며
> 한 고향 동네에 와 있다
>
> —「가을은 이미」 부분

고욤 이파리가 막 물들기 시작하는 가을이 오고 희뿌연 안개가 내리는 저녁이 오면 인간들은 모든 것이 백일하에 드러나야 한다는 낮의 강박성과 명석성에서 벗어나 자연스레 해명되지 않으며 설명할 수 없는 어떤 밤의 신비 또는 저녁의 비밀에 젖어든다. 그러면서 더 이상 그 근거를 물을 수 없는, 모든 파악에 선행하거나 이해를 뛰어넘는 블랙홀 같은 저녁에 모든 마을은 인간과 사물, 여자와 남자가 밀접하게 연결되어 있는 안전함과 따스함의 공동체로 하나가 된다.

권정수 시인은 지금 그런 의미의 근거를 물을 수 없는, 그러나 높은 차원에서 볼 때 더 이상 대립하기보다 서로 도우면서 관계 맺는 한 인간적인 고향 동네에 와 있다. 기존의 지평에 끼워 맞춰질 수 없는 세계의 출현을 예고하는 것이 몇몇의 여자들과 사색하는 남자들이 가장 원초적이고 근원적인 진흙투성이의 고랑에 누워 내는 풍요로운 가을의 느낌에 젖어있다. "나를 찾는" 행복한 "시간" "모든 이름 위에 스미는 노을" 하나로 충분한 "저녁을 준비"(「시인의 말」)한 채.

林東確 | 시인

푸른사상 시선 108

한 잎